NOTIONS

DE

SYSTÈME MÉTRIQUE

ET DE

DESSIN LINÉAIRE

Par P. BOUCHER, Instituteur.

CHARTRES

IMPRIMERIE DURAND FRÈRES, RUE FULBERT.

1875

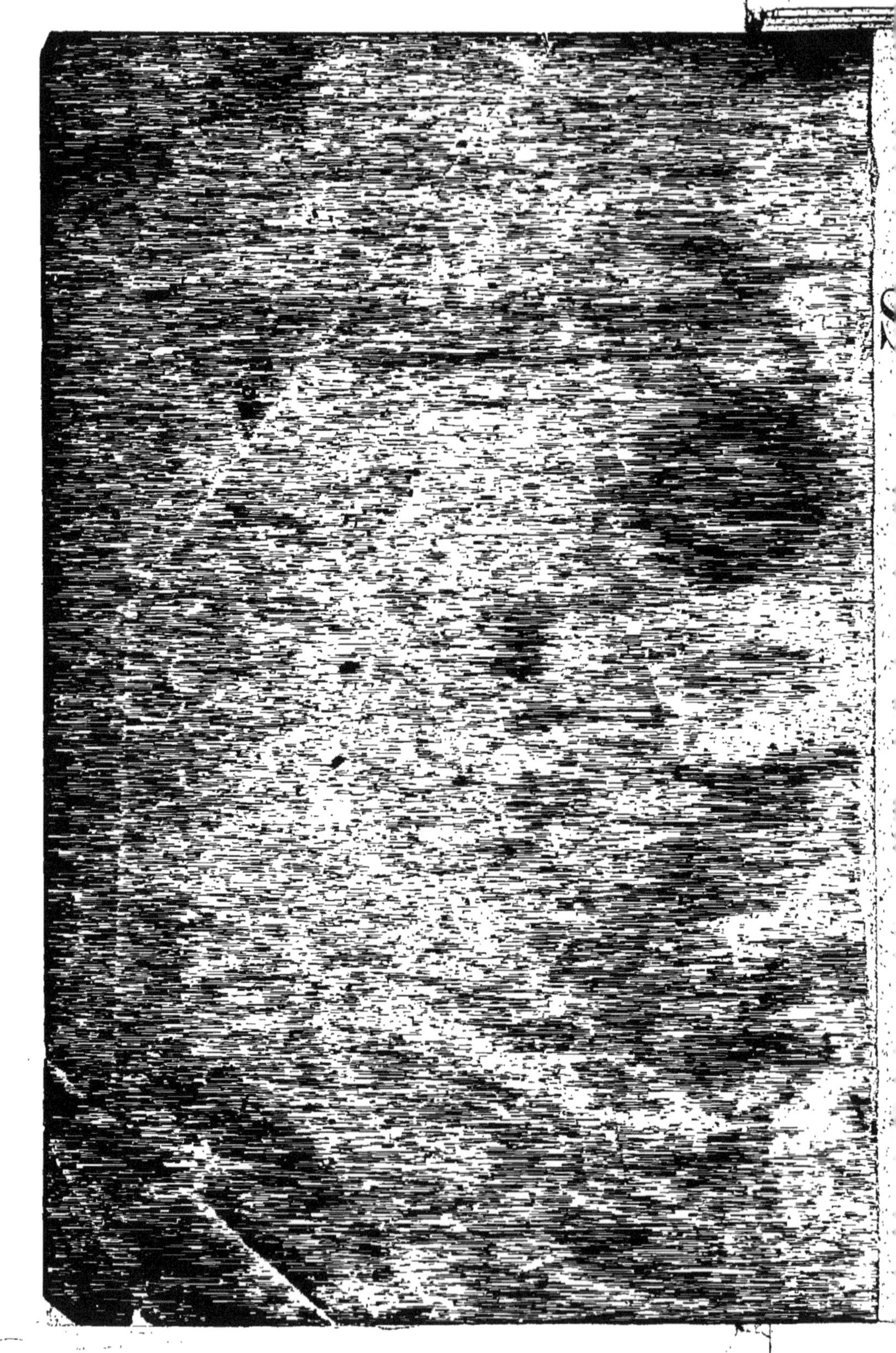

NOTIONS

DE

SYSTÈME MÉTRIQUE

ET DE

DESSIN LINÉAIRE

Par P. BOUCHER, Instituteur.

CHARTRES

IMPRIMERIE DURAND FRÈRES, RUE FULBERT

—

1875

RÉPARTITION
DES DIVERSES MATIÈRES DE L'ENSEIGNEMENT
PAR TRIMESTRE.

DIVISION MOYENNE.

1ent **Catéchisme.**

1er *Trimestre.* Le symbole, 1re partie, jusqu'à page 32.
2e — Les commandements, portion de la 2e partie, pages 32 à 57.
3e — Le péché, les sacrements, jusqu'à l'Eucharistie, fin de la 2e partie et portion de la 3e, pages 57 à 79.
4e — Fin des sacrements, prières, fin de la 3e partie, 4e partie.

2ent **Histoire sainte.**

1er *Trimestre.* Création à Josué (14 leçons).
2e — Josué à la fin du royaume de Juda (15e leçon à 27e).
3e — Fin de l'histoire sainte (ancien testament), 27e leçon à 41e.
4e — Vie de Notre-Seigneur Jésus-Christ.

3ent **Grammaire.**

1er *Trimestre.* Jusqu'à la conjugaison des verbes (16 leçons).
2e — Fin de la 1re partie (17e leçon à 33e).
3e — Syntaxe des diverses espèces de mots (33e leçon à 44e).
4e — Signes orthographiques. Analyse logique. Ponctuation.

4ᵉⁿᵗ Système métrique et Dessin linéaire.

(LE DESSIN FAISANT SUITE AU SYSTÈME MÉTRIQUE.)

1ᵉʳ *Trimestre.* Système métrique, jusqu'aux mesures de capacité (14 leçons).

2ᵉ — Fin du système métrique et revoir en entier.

3ᵉ — Dessin : Notions, exercices (10 leçons).

4ᵉ — Fin du dessin : Tracé de diverses courbes, volumes.

5ᵉⁿᵗ Histoire de France.

1ᵉʳ *Trimestre.* 1ʳᵉ et 2ᵉ races (26 leçons).

2ᵉ — Les Capétiens, jusqu'à Charles VII (26ᵉ leçon à 38ᵉ).

3ᵉ — Charles VII à fin Louis XVI (38ᵉ leçon à 50ᵉ).

4ᵉ — République à 1870.

6ᵉⁿᵗ Géographie.

1ᵉʳ *Trimestre.* Notions préliminaires, Eure-et-Loir, Europe, préfectures et sous-préfectures de la France (7 leçons).

2ᵉ — Bassins, portion (8ᵉ leçon à 16ᵉ).

3ᵉ — Bassins, fin (16ᵉ leçon à 24ᵉ).

NOTA. — Ici s'arrête le cours de la division moyenne.

4ᵉ — Si les élèves ne possèdent pas suffisamment les matières précédentes, employer le 4ᵉ trimestre à les revoir. Dans le cas contraire, on peut empiéter sur le cours de la division supérieure, ainsi qu'il est indiqué dans la répartition des leçons par semaine, en étudiant déjà les leçons les plus importantes.

DIVISION SUPÉRIEURE.

1ᵉⁿᵗ Catéchisme.

Comme la division moyenne.

2^{ent} **Histoire sainte.**

Comme la division moyenne, mais développer par écrit chaque leçon en l'étudiant dans un ouvrage plus complet.

3^{ent} **Grammaire.**

Comme la division moyenne.

4^{ent} **Système métrique. Dessin.**

Comme la division moyenne.

5^{ent} **Histoire de France.**

Comme la division moyenne, mais développer par écrit chaque leçon en l'étudiant dans un ouvrage plus complet.

6^{ent} **Géographie.**

Comme la division moyenne. De plus :
1er *Trimestre.* Fin de la géographie de la France.
2e — Europe, Asie.
3e — Afrique, Amérique, Océanie.
4e — Revoir les cinq parties du monde.

DIVISION ÉLÉMENTAIRE.

Pour le catéchisme, la division élémentaire apprend comme les deux autres divisions, mais seulement les demandes marquées d'une croix.

Le mardi, au lieu d'histoire sainte, système métrique.

Pour la grammaire, apprendre chaque jour portion de la leçon des deux autres divisions, de manière à répéter la leçon entière avec elles le samedi.

Système métrique.

1er *Trimestre.* Notions préliminaires, mètre linéaire.
2e — Mètre carré, mètre cube, stère.
3e — Are, litre.
4e — Gramme, franc, relation des mesures.

RÉPARTITION DES LEÇONS

GÉOGRAPHIE

RÉPARTITION DES LEÇONS par semaine et par jour

1er TRIMESTRE (Suite).		CATÉCHISME	HISTOIRE SAINTE	GRAMMAIRE	SYSTÈME MÉTRIQUE	HISTOIRE DE FRANCE	GÉOGRAPHIE — Division moyenne	GÉOGRAPHIE — Division supérieure
	8e semaine.	5e article.	8e leçon.	13e leçon.	8e leçon.	16e et 17e l. 18e leçon.	Roussillon, comté Foix, Béarn Guyenne, Gascogne. Corse à Bretagne.	Ports. Phares. Ports et phares.
	9e	6e article.	9e leçon.	14e leçon.	9e leçon.	1re race. 19e leçon.	Bretagne, Anjou. Maine à Berry. Berry à Limousin.	1/2 climat et productions. Id. Climat et productions.
	10e	7e article.	10e et 11e leç.	15e leçon.	10e leçon.	20e leçon. 21e —	Limousin à Vaucluse. Vaucluse à fin. 1re, 2e, 3e leçons.	1/2 industrie. Id. Industrie.
	11e	8e et 9e articles	1/2e leçon.	1/2 16e leçon	11e et 12e leç	22e leçon. 23e —	4e leçon. 5e et 6e — Artois à Lorraine.	Eaux minérales. 1/2 population, mœurs, etc. Fin.
	12e	Leçons X et XI	13e leçon.	1/2 16e leçon	13e leçon.	24e leçon. 25e —	Lorraine à Provence. Provence à Corse. Corse à Touraine.	Divisions militaires. — ecclésiastiques. — universitaires.
	13e	Leçon XII et chapitre II.	14e leçon.	16e leçon.	14e leçon.	26e leçon. 2e race.	Touraine à fin. 6 1res leçons. Provinces, départements, préfectures, sous-préfectures,	1/2 organis. civil et judiciaire. Id. Productions animales.

2e TRIMESTRE		CATÉCHISME	HISTOIRE SAINTE	GRAMMAIRE	SYSTÈME MÉTRIQUE	HISTOIRE DE FRANCE	GÉOGRAPHIE Division moyenne	GÉOGRAPHIE Division supérieure
	1re semaine.	Commandem. et leçon I.	15e leçon.	17e leçon.	15e leçon.	27e leçon. 1re et 2e leç.	Bassin de la Seine. Limites. Départem. cours du fleuve. Aube, Marne.	Europe. Mers. Détroits. Golfes.
	2e	Leçons II et III.	16e leçon.	18e leçon.	16e leçon.	28e leçon. 3e et 4e leç.	Oise, Aisne. Yonne, Eure. Tout le bassin.	Iles. Presqu'îles. Isthmes.
	3e	Leçon IV.	17e leçon.	1/2 19e leç.	17e leçon.	29e leçon. 1re, 2e, 3e, 4e leçons.	1/2 bassin de la Somme. Id. Tout le bassin.	Caps. Montagnes. Volcans.
	4e	2e command.	18e leçon.	1/2 19e leç.	18e leçon.	30e leçon. 5e, 6e, 7e, 8e leçons.	1/2 bassin de l'Orne. Tout le bassin. Bassin de la Rance.	Lacs. Fleuves. Rivières.
	5e	3e command.	19e leçon.	19e leçon.	19e leçon.	31e leçon. 9e et 10e leç.	Bassin de la Loire. Limites. Départements. Cours du fleuve.	Iles Britanniques. Dannemark. Suède.
	6e	4e command.	20e leçon.	20e leçon.	20e leçon.	32e leçon. 11e et 12e leç.	Furens, Nièvre, Maine. Mayenne, Sarthe, Loir. Allier, Loiret, Cher.	Russie. Belgique. Hollande.
	7e	Leçon II.	21e leçon.	21e et 22e l.	1re, 2e, 3e, 4e et 5e leç.	33e leçon. 13e, 14e, 15e, leçons.	Indre, Vienne. Fin de la leçon. Tout le bassin de la Loire.	Suisse. Autriche. Prusse.

2e TRIMESTRE (Suite).

	CATÉCHISME	HISTOIRE SAINTE	GRAMMAIRE	SYSTÈME MÉTRIQUE	HISTOIRE DE FRANCE	GÉOGRAPHIE — Division moyenne	GÉOGRAPHIE — Division supérieure
8e semaine.	5e command.	22e leçon.	23e et 24e leç.	6e, 7e, 8e et 9e leçons.	34e leçon. 16e, 17e et 18e leçons.	Bassin de la Vilaine. Limites, départements. Cours du fleuve, Ille et Oust. Odet, Blavet.	Allemagne. Portugal. Espagne.
9e	6e et 9e com.	23e leçon.	25e et 26e leç.	10e, 11e et 12e leçons.	35e leçon. 19e et 20e leç.	Bassin de l'Aulne. Vilaine et Aulne. 12e, 13e, 14e leçons.	Italie. Turquie. Grèce.
10e	7e et 10e com.	24e leçon.	27e et 28e leç.	13e et 14e leçons.	36e leçon. 21e, 22e et 23e leçons.	Bassin de la Garonne. Limites. Départem., cours du fleuve. Ariége, Tarn, Agout.	Asie. Contrées. Mers. Détroits.
11e	8e command.	25e leçon.	29e et 30e leç.	15e et 16e leçons.	37e leçon. 24e, 25e, 26e leçons.	Aveyron, Lot, Dordogne. Vézère, Corrèze, Isle. Fin de la 15e leçon.	Golfes. Iles. Presqu'îles.
12e	1er et 2e com. de l'Eglise.	26e leçon.	31e et 32e leç.	17e et 18e leçons.	1re race.	1re, 2e, 3e leçons. 4e — 5e et 6e —	Caps. Montagnes. Lacs.
13e	3e, 4e, 5e et 6e c. de l'Eglise.	19e, 20e, et 21e leçons.	19e leçon.	19e et 20e leçons.	2e race.	Questions sur les provinces, préfectures et sous-préfectures.	Fleuves. Rivières. Questions sur l'Asie.

3e TRIMESTRE		CATÉCHISME	HISTOIRE SAINTE	GRAMMAIRE	DESSIN	HISTOIRE DE FRANCE	GÉOGRAPHIE	
							Division moyenne	Division supérieure
	1re semaine.	Du péché, leçons I et II.	27e leçon.	33e leçon.	1re leçon.	38e leçon. 27e leçon.	1/2 Charente, Sèvre-Niortaise. Id. La leçon entière.	Afrique. — Contrées. Mers, golfes. Iles, détroits.
	2e	Leçons III et IV.	28e leçon.	34e leçon.	1/2 2e leçon.	30e leçon. 28e leçon.	Adour, rivières droite. Fin de la leçon. La leçon entière.	Caps, montagnes, lacs. Fleuves, rivières. Posses. européennes, produits.
	3e	Les vertus et la grâce.	29e leçon.	35e leçon.	1/2 2e leçon.	40e leçon. 29e leçon.	Bassin de la Garonne. Charente, Sèvre-Niort., Adour. 15e, 16e, 17e leçons.	Amérique. — Contrées Nord. — Sud. Mers, détroits.
	4e	Sacrements.	30e leçon.	36e leçon.	2e leçon.	41e leçon. 30e leçon.	Bassin du Rhône. — Limites. Départements, cours du fleuve Ain, Saône, Oignon.	Golfes. Iles. Presqu'îles.
	5e	Leçons I et II.	31e leçon.	37e leçon.	3e leçon.	42e leçon. 31e leçon.	Doubs, Ardèche, Gard. Fin de la 18e leçon. 18e leçon.	Caps. Montagnes. Volcans, lacs.
	6e	Confirmation.	32e leçon.	1/2 38e leç.	4e leçon.	43e leçon. 32e leçon.	1/2 Aude et Hérault. Fin de la 19e leçon. Var.	Fleuves, rivières. Posses. européennes, product. Quest. sur Afrique, Amérique.
	7e	Pénitence.	33e leçon.	Fin de la 38e leçon.	5e leçon.	44e leçon. 33e leçon.	18e, 19e, 20e leçons. Rhin, limites. Fin de la 21e leçon.	Océanie. 1. Malaisie. Mélanésie. 2. Micronésie. Polynésie. 3. Océanie.

3e TRIMESTRE (Suite).

	CATÉCHISME	HISTOIRE SAINTE	GRAMMAIRE	DESSIN
8e semaine.	Contrition.	34e leçon.	38e leçon.	6e leçon.
9e	Sortes de contritions.	35e leçon.	39e leçon.	1/2 7e leçon.
10e	Confession.	36e leçon.	40e leçon.	7e leçon.
11e	Satisfaction et indulgences.	37e leçon.	41e leçon.	8e et 9e leç.
12e	Pénitence et contrition. Leçons I, II, III.	38e leçon.	42e leçon.	10e leçon.
13e	Confession, Satisfaction et Indulgences. Leç. IV, V, VI.	39e et 40e leç.	43e leçon.	11e leçon.

HISTOIRE DE FRANCE	GÉOGRAPHIE	
	Division moyenne	Division supérieure
45e leçon. 34e leçon.	21e leçon. Rhin. 22e — Meuse. 23e — Escaut.	France. Canaux. Chemins de fer. Montagnes.
46e leçon. 35e leçon.	8e leçon. Seine. 9e — Somme. 10e — Orne.	Détroits, golfes, caps, lacs. Possessions étrangères. Départements du littoral.
47e leçon. 36e leçon.	11e leçon. Rance. 12e — Loire. 13e, 14e Vilaine, Aulne.	Aspect du littoral. Ports, phares. Climat, productions.
48e leçon. 37e leçon.	5e leçon. Garonne. 16e — Charente, Sèvre-Niortaise. 17e — Adour.	Industrie. Eaux minérales, populat., etc. Divisions milit., civil., eccl.
49e leçon. 38e leçon.	18e leçon. Rhône. 19e 20e Aude Hérault Var. 21e, 22e, 23e Rhin Meuse Escaut	Organisation civ., judic., crim. Productions animales. Repasser.
45e à 50e leç.	Provinces, préfectures, sous-préfectures.	Provinces, préfectures, sous-préfectures.

4e TRIMESTRE

	CATÉCHISME	HISTOIRE SAINTE	GRAMMAIRE	DESSIN
1re semaine.	Eucharistie, leçons I et II.	41e leçon.	43 et 44e leç.	12e et 13e leç.
2e	Leçon III.	42e leçon.	45e leçon.	14e et 15e leç.
3e	Eucharistie, leçon I à ch. VI.	43e leçon.	46e leçon.	16e leçon.
4e	Extrême-Onct. leçons I et II.	44e leçon.	47e leçon.	17e leçon.
5e	Ordre, ch. VII.	45e leçon.	1/2 48e leç.	18e leçon.
6e	Mariage, ch. VIII.	46e leçon.	48e leçon.	19e leçon.
7e	4e partie, la prière.	47e leçon.	1re partie.	20e et 21e leç.
8e	Pater, salutat. angélique, ch. I et II.	48e leçon.	2e partie.	Repasser system. met.
9e	Credo, Confit., etc., ch. III.	49e leçon.	Signes orth., anal. log., ponctuation.	Repasser dessin

HISTOIRE DE FRANCE	GÉOGRAPHIE — Division moyenne	GÉOGRAPHIE — Division supérieure
50e leçon. 39e et 40e leç.	26e Montagnes de France. — Pyrénées. Alpes, Jura. Cévennes.	Europe. — Mers, détroits, golfes. Iles, presqu'îles, isthmes. Caps, montagnes, volcans.
51e leçon. 41e et 42e leç.	Séparation Loire et Garonne. — Seine et Loire. Argonne, Ardennes, Vosges.	Lacs, fleuves, rivières. Iles Britan., Danemark, Suède. Russie, Belgique, Hollande.
52e leçon. 43e et 44e leç.	27e leçon. Détroits. Golfes. Caps et lacs.	Suisse, Autriche, Prusse. Allemagne, Portugal, Espagne. Italie, Turquie, Grèce.
53e et 54e leç. 45e et 46e leç.	28e Possessions étrangères. — En Europe. — Asie, Afrique. — Amérique, Océanie.	Asie — Contrées, mers, détroits. Golfes, Iles, presqu'îles. Caps, montagnes, lacs.
55e et 56e leç. 47e et 48e leç.	29e Départements du littoral — Belgique à Méditerranée. Fin de la leçon. La leçon entière.	Fleuves, rivières. Afrique. — Contrées, Mers, Golfes, Iles. Caps, montagnes, lacs, fleuves.
49e et 50e leç. 51e et 52e leç.	31e leçon. Ports militaires. Ports marchands. 32e — Phares.	Amérique. — Contrées, mers, détroits. Golfes, Iles, presqu'îles. Caps, montagnes, volcans, lacs.
53e et 54e leç. 55e et 56e leç.	Repasser matières du 1er trimestre.	Fleuves, rivières. Océanie. — Toute l'Océanie. Repasser 1er trimestre.
1re race. 2e race.	Repasser matières du 2e trimestre.	Repasser 2e trimestre de la division moyenne.
3e race.	Repasser matières du 3e trimestre.	Repasser 3e trimestre.

INDICATION DES DIVERSES ESPÈCES DE LEÇONS PAR JOUR.

DIVISION SUPÉRIEURE ET DIVISION MOYENNE.

Lundi :   Catéchisme, géographie.

Mardi :   Histoire sainte, histoire de France..

Mercredi : Catéchisme, géographie, histoire de France.

Vendredi : Catéchisme, géographie.

Samedi :   Grammaire, système métrique, catéchisme.

SYSTÈME MÉTRIQUE

SYSTÈME MÉTRIQUE

 — **Notions Préliminaires.**

1 *Qu'est-ce que le système métrique?*

Le système métrique est la réunion de tous les poids et de toutes les mesures en usage en France.

Depuis 1840, il est défendu de se servir d'autres poids et d'autres mesures que ceux prescrits par le système métrique.

2 *Quelles sont les unités principales ?*

On compte 8 unités principales :

Le mètre linéaire pour les longueurs ;

Le mètre carré pour les surfaces, c'est-à-dire ce qui a deux dimensions ;

Le mètre cube pour les solides, c'est-à-dire ce qui a trois dimensions ;

L'are, pour les terrains ;

Le stère, pour les bois de chauffage et de charpente ;

Le litre, pour les liquides et pour les grains ;

Le gramme, pour les pesées ;

Le franc, pour les valeurs.

2º Leçon. — Multiples et Sous-Multiples.

3 *Comment exprime-t-on la multiplication des unités principales suivant l'ordre décimal ?*

Lorsqu'on veut exprimer la multiplication des unités métriques suivant l'ordre décimal, en se sert des mots suivants que l'on place avant le nom de ces unités : déca, qui signifie 10, décamètre 10 mètres ; hecto, qui signifie 100, hectomètre 100 mètres ; kilo, qui signifie 1,000, kilomètre 1,000 mètres ; myria, qui signifie 10,000, myriamètre 10,000 mètres.

Ce sont les multiples.

4 *Comment exprime-t-on la subdivision des unités principales suivant l'ordre décimal ?*

Lorsqu'on veut exprimer la subdivision des unités métriques suivant l'ordre décimal, on se sert des mots suivants que l'on place avant le nom de ces unités : déci, qui signifie dixième, décimètre dixième partie du mètre ; centi, qui signifie centième, centimètre centième partie du mètre ; milli, qui signifie millième, millimètre millième partie du mètre.

Ce sont les sous-multiples.

3º Leçon. — Mesures de Longueur.

5 *Quelles étaient les anciennes mesures de longueur ?*

Avant 1840, on se servait, pour mesurer les longueurs, de la toise, du pied, du pouce, de la ligne, de l'aune et de la lieue.

6 *Quelle était leur valeur ?*

La lieue se divisait en deux demi-lieues, quatre quarts de lieue. Une lieue valait 4 kilomètres ou 4,000 mètres.

La toise valait 6 pieds, le pied valait 12 pouces, le pouce valait 12 lignes, l'aune valait 1ᵐ 19 centimètres.

7 *Quel est le rapport du mètre à l'ancien pied?*

Le mètre linéaire vaut 3 pieds 11 lignes 296 millièmes de ligne.

8 *Quelles sont aujourd'hui les mesures de longueur?*

Aujourd'hui, pour mesurer les longueurs, on se sert du mètre linéaire, de ses multiples et de ses sous-multiples.

9 *Quelle est la longeur du mètre linéaire?*

Le mètre linéaire est la quarante millionième partie du tour de la terre.

10 *Combien la terre a-t-elle de mètres de tour?*

La terre a quarante millions de mètres de tour. Elle se divise en 360 dégrès, chaque dégré en 60 minutes, chaque minute en 60 secondes.

4ᵉ Leçon. — Mesures de Longueur.
MULTIPLES ET SOUS-MULTIPLES.

11 *Quels sont les multiples du mètre linéaire?*

Les multiples du mètre linéaire sont :

Le décamètre qui vaut dix mètres ; cette mesure est représentée par la chaîne d'arpentage.

L'hectomètre qui vaut cent mètres.

Le kilomètre qui vaut mille mètres.

Sur les routes, les kilomètres sont indiqués par de grandes bornes; les doubles hectomètres ou 200 mètres sont indiqués par de petites bornes.

Le myriamètre qui vaut dix mille mètres.

12 *Quels sont les sous-multiples du mètre linéaire?*

Les sous-multiples du mètre linéaire sont :

Le décimètre, dixième partie du mètre.

Le centimètre, centième partie du mètre.

Le millimètre, millième partie du mètre.

5ᵉ Leçon. — **Mesures de Longueur.**

CONVERSION DES ANCIENNES MESURES EN NOUVELLES.

13 *Quels sont les rapports de l'aune et du mètre?*

Multiplier les aunes par 1,188 pour les réduire en mètres.

Multiplier les mètres par 0,841 pour les réduire en aunes.

14 *Quels sont les rapports de la toise et du mètre?*

Multiplier les toises par 1,949 pour les réduire en mètres.

Multiplier les mètres par 0,513 pour les réduire en toises.

15 *Quels sont les rapports du pied et du mètre?*

Multiplier les pieds par 0,325 pour avoir des mètres.
Multiplier les mètres par 3,078 pour avoir des pieds.

16 *Quels sont les rapports du pouce et du mètre?*

Multiplier les pouces par 0,027 pour avoir des mètres.
Multiplier les mètres par 36,ᵐ941 pour avoir des pouces.

6ᵉ Leçon. — **Mesures de Surface.**

17 *Quelles étaient les anciennes mesures de surface*

Autrefois, on se servait, pour mesurer les surfaces, de la toise carrée, du pied carré et du pouce carré.

18 *Quelles sont aujourd'hui les mesures de surface?*

Aujourd'hui, pour mesurer les surfaces, on se sert du mètre carré, de ses multiples et de ses sous-multiples.

19 *Qu'est-ce qu'un carré?*

Un carré est une figure de géométrie ayant quatre côtés égaux et quatre angles droits.

20 *Quels sont les multiples du mètre carré?*

Les multiples du mètre carré sont :

Le décamètre, ayant 10 mètres de côté, valant 100 mètres carrés, qu'on appelle encore are.

L'hectomètre carré, ayant 100 mètres de côté, valant 10,000 mètres carrés, qu'on appelle encore hectare.

21 *Quels sont les sous-multiples du mètre carré?*

Les sous-multiples du mètre carré sont :

Le décimètre carré, ayant un décimètre de côté, centième partie du mètre carré.

Le centimètre carré, ayant un centimètre de côté, dix millième partie du mètre carré.

Le millimètre carré, ayant un millimètre de côté, millionième partie du mètre carré.

22 *Que fait-on pour calculer une surface?*

Pour calculer une surface, on multiplie les deux dimensions l'une par l'autre.

7ᵉ Leçon. — Conversion des anciennes Mesures en nouvelles.

23 *Quels sont les rapports de la toise et du mètre carré?*

Multiplier les toises par 3,798 pour avoir des mètres carrés.

Multiplier les mètres par 0,260 pour avoir des toises carrées.

24 *Quels sont les rapports du pied carré et du mètre carré?*

Multiplier les pieds carrés par 0,1055 pour avoir des mètres carrés.

Multiplier les mètres carrés par 9,477 pour avoir des pieds carrés.

8ᵉ Leçon. — **Mesures de Volume.**

25 Quelles étaient les anciennes mesures de volume?

Autrefois, pour mesurer les volumes, on se servait de la toise cube, du pied cube et du pouce cube.

26 Quelles sont aujourd'hui les mesures de volume?

Aujourd'hui, pour mesurer les volumes, on se sert du mètre cube et de ses sous-multiples.

27 Qu'est-ce qu'un cube?

Un cube est une figure de géométrie dont les 6 faces sont des carrés égaux.

28 Quels sont les sous-multiples du mètre cube?

Les sous-multiples du mètre cube sont:
Le décimètre cube, millième partie du mètre cube.
Le centimètre cube, millionième partie du mètre cube.

29 Comment fait-on pour calculer un cube?

Pour calculer un cube, on multiplie deux des dimensions l'une par l'autre et le résultat par la troisième dimension.

9ᵉ Leçon. — **Conversion des anciennes Mesures en nouvelles.**

30 Quels sont les rapports de la toise cube et du mètre cube?

Multiplier les toises cubes par 1,404 pour avoir des mètres cubes.
Multiplier les mètres cubes par 0,135 pour avoir des toises cubes.

31 *Quels sont les rapports du pied cube et du mètre cube?*

Multiplier les pieds cubes par 0,0343 pour avoir des mètres cubes.

Multiplier les mètres cubes par 29,173 pour avoir des pieds cubes.

10ᵉ Leçon. — **Mesures pour les bois de chauffage et de charpente.**

32 *Quelles étaient les anciennes mesures pour les bois de chauffage et de charpente?*

Autrefois, on se servait de la corde pour les bois de chauffage.

De la marque et des chevilles pour les bois de charpente.

33 *Quelle était la valeur de la corde de bois?*

La corde de bois variait selon les pays : la corde commune valait 2 stères 95 centistères.

34 *Quelle était la valeur de la marque de bois?*

La marque valait 300 chevilles. Un stère vaut 14 marques.

35 *Quelles sont aujourd'hui les mesures employées pour les bois?*

Aujourd'hui, pour mesurer les bois de chauffage et de charpente, on se sert du stère, de ses multiples et de ses sous-multiples.

36 *Quels sont les multiples du stère?*

Le seul multiple du stère est le décastère qui vaut 10 stères.

37 *Quels sont les sous-multiples du stère?*

Les sous-multiples du stère sont :

Le décistère, dixième partie du stère.
Le centistère, centième partie du stère.
Le millistère, millième partie du stère.
38 *Un stère est un mètre cube de bois.*

11ᵉ Leçon. — Toisé de Bois de Charpente.

39 *Comment fait-on pour toiser un arbre, soit à la marque, soit au décistère?*

Pour toiser un arbre, on mesure la longueur ; à moitié de cette longueur on mesure le tour de l'arbre avec une ficelle et la longueur de cette ficelle pliée en quatre donne ce qu'on appelle équarri. On multiplie l'équarri par l'équarri et le résultat par la longueur. Si l'on toise au mètre ou au centimètre, on obtient des mètres cubes ou stères. Si l'on toise au pied ou au pouce, on obtient des chevilles ; 300 chevilles font une marque, 420 chevilles font un décistère.

12ᵉ Leçon. — Mesures pour les Bois.

CONVERSION DES ANCIENNES MESURES EN NOUVELLES.

40 *Quels sont les rapports de la marque et du décistère?*

Multiplier les marques par 0,714 pour avoir des décistères.

Multiplier les décistères par 1,40 pour avoir des marques.

41 *Quels sont les rapports de la corde et du stère?*

Multiplier les stères par 0,339 pour avoir des cordes,
Multiplier les cordes par 2,95 pour avoir des stères.

13ᵉ Leçon. — Mesures agraires.

42 *Quelles étaient les anciennes mesures agraires?*

Autrefois, pour mesurer les terrains, on se servait de l'arpent et de la perche.

43 *Quelle était la valeur de l'arpent et de la perche?*

L'arpent valait 100 perches. Il y avait des perches de différentes grandeurs.

La perche communément employée était un carré de 21 pieds 8 pouces de côté.

44 *Quelles sont aujourd'hui les mesures agraires?*

Aujourd'hui, pour mesurer les terrains, on se sert de l'are, de ses multiples et de ses sous-multiples.

45 *Qu'est-ce que l'are?*

L'are est une surface ayant 10 mètres de long sur 10 mètres de large, valant 100 mètres carrés. (D. carré).

46 *Quels sont les multiples de l'are?*

Le seul multiple de l'are est l'hectare qui vaut 100 ares.

47 *Quels sont les sous-multiples?*

Le seul sous-multiple de l'are est le centiare, centième partie de l'are. (Mètre carré).

14ᵉ Leçon. — Mesures agraires.

CONVERSION DES ANCIENNES MESURES EN NOUVELLES.

48 *Quels sont les rapports de l'are et de la perche?*

Multiplier les ares par 2,02 pour avoir des perches.
Multiplier les perches par 0,4953 pour avoir des ares.

15ᵉ Leçon. — Mesures de Capacité.

49 *De quoi se sert-on pour mesurer les liquides et les grains?*

Pour mesurer les liquides et les grains, on se sert du litre.

50 *Quels sont les multiples du litre?*

Les multiples du litre sont :

1º Le décalitre, qui vaut 10 litres.
2º L'hectolitre, qui vaut 100 litres.
3º Le kilolitre, qui vaut 1,000 litres.
4º Le myrialitre, qui vaut 10,000 litres.

51 *Combien il y a-t-il de litres dans un mètre cube?*

Il y a 1,000 litres dans un mètre cube.

52 *Quelle est la contenance du litre?*

Le litre contient un décimètre cube.

53 *Quels sont les sous-multiples du litre?*

Les sous-multiples du litre sont:
Le décilitre, dixième partie du litre.
Le centilitre, centième partie du litre.
Le millilitre, millième partie du litre.

54 *Quelle est la contenance d'un sac de grain?*

Un sac de blé vaut 3 mesures. L'avoine se vend quelquefois à 4 mesures.

55 *Quelle est la contenance de la mesure?*

La mesure contient un demi-hectolitre.

16º Leçon. -- Série des Mesures.

56 *Quelles sont les mesures employées?*

Les mesures employées pour les liquides sont:
1º Le centilitre, centième partie du litre.
2º Le double centilitre, cinquantième partie du litre.
3º Le demi-décilitre, vingtième partie du litre.
4º Le décilitre, dixième partie du litre.
5º Le double décilitre, cinquième partie du litre.
6º Le demi-litre, deuxième partie du litre.
7º Le litre, 1 litre.
8º Le double litre, 2 litres.
Ces mesures sont en étain.

9º Le demi-décalitre, 5 litres.
10º Le décalitre, 10 litres.
11º Le double décalitre, 20 litres.
12º Le demi-hectolitre, 50 litres.
13º L'hectolitre, 100 litres.
Ces mesures sont en tôle, fonte ou cuivre étamé.

14º Le demi-hectolitre, 50 litres.
15º L'hectolitre, 100 litres.
16º Le double hectolitre, 200 litres.
17º Le demi-kilolitre, 500 litres.
18º Le kilolitre, 1,000 litres.
Ces mesures sont en bois. (Fûts).

57 *Quelles sont les mesures employées pour les grains?*

Les mesures employées pour les grains sont :
1º Le demi-décilitre, vingtième partie du litre.
2º Le décilitre, dixième partie du litre.
3º Le double décilitre, cinquième partie du litre.
4º Le demi-litre, deuxième partie du litre.
5º Le litre, 1 litre.
6º Le double litre, 2 litres.
7º Le demi-décalitre, 5 litres.
8º Le décalitre, 10 litres.
9º Le double décalitre, 20 litres.
10º Le demi-hectolitre, 50 litres.
11º L'hectolitre, 100 litres.
Ces mesures sont en bois.

17ᵉ Leçon. — Mesures de Poids.

58 *Quelles sont les mesures de poids?*

Les mesures de poids sont le gramme, ses multiples et ses sous-multiples.

59 *Qu'est-ce que le gramme?*

Le gramme est le poids d'un centimètre cube d'eau pure.

Un litre d'eau pèse un kilogramme.

60 *Quels sont les multiples du gramme?*

Les multiples du gramme sont :

Le décagramme, qui vaut 10 grammes.

L'hectogramme, qui vaut 100 grammes.

Le kilogramme, qui vaut 1,000 grammes.

Le myriagramme, qui vaut 10,000 grammes.

61 *Quels sont les sous-multiples du gramme?*

Les sous-multiples du gramme sont :

Le décigramme, dixième partie du gramme.

Le centigramme, centième partie du gramme.

Le milligramme, millième partie du gramme.

62 *Quels sont les rapports du kilogramme et de la livre?*

Un kilogramme vaut 2 livres 043 millièmes.

Une livre vaut 0 kilog. 490 grammes.

18ᶜ Leçon. — Série des Poids.

63 *Quels sont les poids de laiton à forme plate?*

Les poids en laiton à forme plate sont :

1° Le milligramme, millième partie du gramme.

2° Le double milligramme, cinq centième partie du gramme.

3° Le demi-centigramme, deux centième partie du gramme.

4° Le centigramme, centième partie du gramme.

5° Le double centigramme, cinquantième partie du gramme.

6° Le demi-décigramme, vingtième partie du gramme

7° Le décigramme, dixième partie du gramme.

8° Le double décigramme, cinquième partie du gramme.

9° Le demi-gramme, deuxième partie du gramme.

64 *Quels sont les poids en cuivre à forme cylindrique?*

Les poids en cuivre à forme cylindrique, surmontés d'un bouton, sont:

1° Le gramme, 1 gramme.

2° Le double gramme, 2 grammes.

3° Le demi-décagramme, 5 grammes.

4° Le décagramme, 10 grammes.

5° Le double décagramme, 20 grammes.

6° Le demi-hectogramme, 50 grammes.

7° L'hectogramme, 100 grammes.

8° Le double hectogramme, 200 grammes.

9° Le demi-kilogramme, 500 grammes.

10° Le kilogramme, 1,000 grammes.

11° Le double kilogramme, 2,000 grammes.

12° Le demi-myriagramme, 5,000 grammes.

13° Le myriagramme, 10,000 grammes.

14° Le double myriagramme, 20,000 grammes.

65 *Quels sont les poids en cuivre en forme de godets?*

Les poids en cuivre en forme de godets coniques, s'emboîtant les uns dans les autres, sont les mêmes que les poids cylindriques: ils commencent au gramme et ils finissent au kilogramme.

66 *Quels sont les poids en fonte à forme hexagonale?*

Les poids en fonte à forme hexagonale sont:

1° Le demi-hectogramme,   50 grammes.

2° L'hectogramme,   100 grammes.

3° Le double hectogramme,   200 grammes.

4° Le demi-kilogramme,   500 grammes.

5° Le kilogramme,   1.000 grammes.

— 36 —

6° Le double kilogramme, 2.000 grammes.
7° Le demi-myriagramme, 5.000 grammes.
8° Le myriagramme, 10.000 grammes.

67 *Quels sont les poids en fer à forme rectangulaire?*

Les poids en fer à forme rectangulaire sont :

1° Le double myriagramme, 20.000 grammes.
2° Le demi-quintal métrique, 50.000 grammes.

68 *De quoi se sert-on pour peser?*

Pour peser, on se sert de la romaine, de la balance et de la bascule.

Dans les bascules, les poids sont dans les rapports de 1 à 10 : ainsi 1 hectogramme dans le petit plateau doit équilibrer 1 kilogramme dans le tablier. — La romaine se compose du levier et d'un poids appelé curseur suspendu au levier que l'on approche et que l'on éloigne au besoin.

19e Leçon. — **Mesures de Monnaie.**

69 *Qu'est-ce que le franc?*

Le franc est une pièce de monnaie pesant 5 grammes, contenant autrefois un dixième ou demi-gramme de cuivre et 4 grammes 1/2 d'argent. Et aujourd'hui $\frac{9}{10}$ d'argent, et $\frac{1}{10}$ de cuivre.

70 *Quelles sont les pièces de monnaie en or?*

Les pièces de monnaie en or, au titre de $\frac{900}{1000}$, sont :
Celles de 5 fr. pesant 1 gramme 613.
10 fr. — 3 — 226.
20 fr. — 6 — 452.
40 fr. — 12 — 904.
50 fr. — 16 — 129.
100 fr. — 32 — 258.

200 fr. en argent pèsent 1 kilog. et 3,100 fr. en or pèsent aussi un kilogr.

Un gramme d'or vaut 3 fr. 10.

71 *Quelles sont les pièces de monnaie en argent?*

Les pièces de monnaie en argent sont :

Celles de 0 fr. 20 pesant 1 gramme »
        0 fr. 50 — 2 — » 50
        1 fr. » — 5 — » »
        2 fr. » — 10 — » »
        5 fr. » — 25 — » »

72 *Quelles sont les pièces de monnaie en bronze?*

Les pièces de monnaie en bronze sont :

Celles de 1 centime pesant 1 gramme.
$$\frac{2}{5} \quad\quad \frac{2}{5}$$
$$10 \quad\quad\quad\quad 10$$

73 *Existe-t-il encore d'autres monnaies?*

Il existe des billets de banque de 20, 25, 50, 100, 500, 1,000 fr. en papier.

74 *Quel est le diamètre des pièces de monnaie?*

1° OR.

La pièce de 5 fr. a un diamètre de 17 millimètres.
       10 fr. — 19
       20 fr. — 21
       40 fr. — 26
       50 fr. — 28
      100 fr. — 35

2° ARGENT

0 fr. 20	—	15
0 fr. 50	—	18
1 fr.	—	23
2 fr.	—	27
5 fr.	—	37

3° CUIVRE

0 fr. 01	—	« 15
0 fr. 02	—	« 20
0 fr. 05	—	« 25
0 fr. 1,0	—	« 30

75. *Qu'appelle-t-on titre des monnaies ?*

On appelle titre des monnaies ou de l'orfèvrerie la quantité d'or ou d'argent pur qui entre dans les bijoux ou les monnaies. Les matières d'or ou d'argent sont frappées d'un poinçon par le gouvernement, pour garantir leur titre.

20° Leçon. — Relations des Mesures.

76. *Quels sont les rapports des mesures entre elles ?*

Tous les poids et toutes les mesures dérivent du mètre linéaire.

1° Le mètre carré par son côté qui est d'un mètre.

2° Le mètre cube par son arête qui est d'un mètre.

3° Le stère par son arête qui est d'un mètre.

4° L'are par son côté qui est d'un décamètre.

5° Le litre par sa contenance qui est d'un décimètre cube.

6° Le gramme par son poids qui est d'un centimètre cube d'eau.

7° Le franc par son poids qui est de 5 grammes.

OBSERVATION.

Vers 1816, on fit un pas vers les mesures métriques.

Ainsi, on fit des pieds qui étaient le tiers du mètre et que l'on nomma pieds métriques pour les distinguer des anciens qu'on appelait pieds de roi.

De même on fit des livres de 500 grammes.

Les rapports indiqués dans ce traité pour la conversion des mesures anciennes en nouvelles ne s'appliquent qu'aux mesures anciennes proprement dites et non aux mesures intermédiaires dont il vient d'être question.

Il serait bon de prémunir les enfants contre une erreur qu'on commet fréquemment dans nos campagnes pour le cubage des bois de charpente.

On sait qu'un stère équivaut à 14 marques.

Beaucoup de personnes toisent au pied métrique de trois au mètre, puis s'ils réduisent au stère, elles comptent 14 marques pour un stère, tandis que dans ce cas le stère égale 12 marques 288 chevilles.

FIN DU SYSTÈME MÉTRIQUE.

OBSERVATION.

Ainsi, on lit des pieds qui étaient le tiers du mètre et que l'on nomme pieds métriques pour les distinguer des anciens qu'on appelait pieds de roi.

De même on dit des livres de 500 grammes.

Les rapports indiqués dans ce tarif pour la conversion des mesures anciennes en nouvelles, ne s'appliquent qu'aux mesures anciennes proprement dites et non aux mesures intermédiaires dont il s'agit d'être question.

Il serait bon de prémunir les enfants contre une erreur qu'on commet fréquemment dans nos campagnes pour le cubage des bois de charpente.

On sait qu'à stère équivaut à 14 tranques.

Plusieurs de personnes faisant un pied métrique de trois au mètre, puis elles aplanissent un autre, elles comptent 14 tranques pour un stère, tandis que dans ce tarif nous en trouvons 18 marque 988 chevilles.

DESSIN LINÉAIRE

DESSIN LINÉAIRE

DESSIN LINÉAIRE

1re Leçon. — Notions préliminaires.

1. Le dessin linéaire est l'art de représenter par de simples traits les contours des surfaces et des corps.

2. Il a pour base le tracé géométrique, c'est-à-dire la partie de la géométrie qui enseigne l'usage du compas, de la règle et de l'équerre, pour la construction des figures. De là, nécessité de connaître quelques notions élémentaires et pratiques de géométrie.

3. La géométrie a pour objet la mesure de l'étendue et l'étude de ses propriétés.

4. L'étendue en longueur se nomme *ligne*.

5. L'étendue en longueur et largeur se nomme *surface*, aire ou superficie (2 dimensions).

6. L'étendue en longueur, largeur, hauteur, épaisseur ou profondeur s'appelle *volume*, corps ou solide (3 dimensions).

2ᵉ Leçon. — Étendue en longueur. Lignes.

7. On appelle *ligne* le tracé indiquant le passage d'un point à un autre.

8. Il y a plusieurs sortes de lignes :

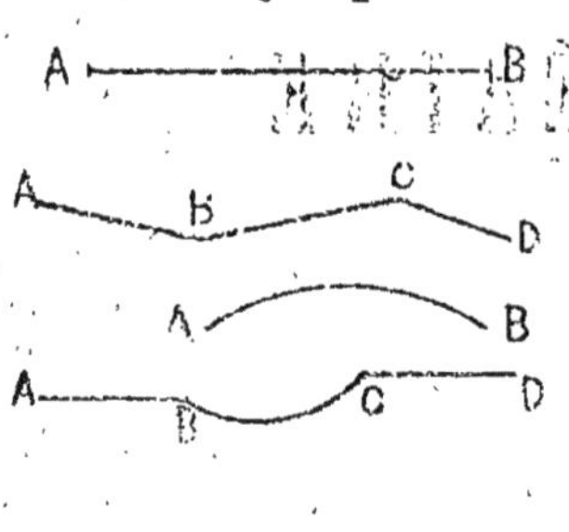

1° La *ligne droite*, plus court chemin d'un point à un autre, AB.

2° La *ligne brisée*, composée de lignes droites, ABCD.

3° La *ligne courbe*, ni droite, ni composée de lignes droites, AB.

4° La *ligne mixte*, composée de lignes droites et de lignes courbes, ABCD.

9. On appelle *point d'intersection* le point où 2 lignes se rencontrent, A.

10. *Mesurer une ligne*, c'est chercher combien de fois elle en contient une autre prise pour terme de comparaison.

11. Par rapport à leur position, on distingue quatre sortes de lignes droites :

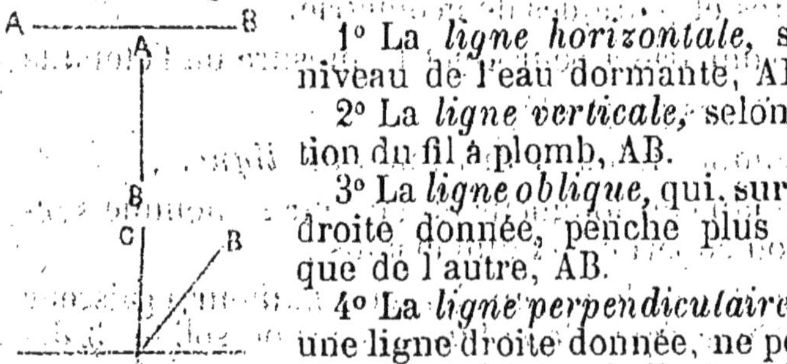

1° La *ligne horizontale*, suivant le niveau de l'eau dormante, AB.

2° La *ligne verticale*, selon la direction du fil à plomb, AB.

3° La *ligne oblique*, qui, sur une ligne droite donnée, penche plus d'un côté que de l'autre, AB.

4° La *ligne perpendiculaire*, qui, sur une ligne droite donnée, ne penche pas plus d'un côté que de l'autre, AC.

La verticale est perpendiculaire à l'horizontale et réciproquement.

12. On appelle *lignes parallèles* des lignes de même espèce qui, droites ou courbes, sont partout également distantes, AB.

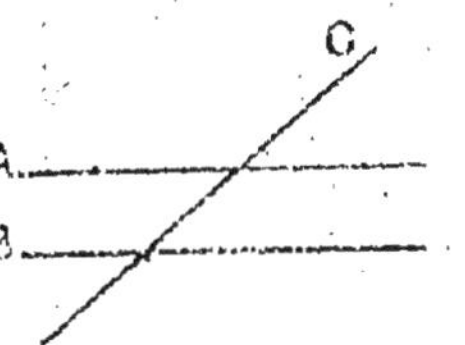

13. On appelle *sécante* toute droite qui rencontre deux lignes parallèles, C.

14. On appelle *angle* l'ouverture formée par deux lignes qui se rencontrent en un point appelé *sommet* de l'angle, A.

15. Les deux lignes sont appelées *côtés* de l'angle, AB et AC.

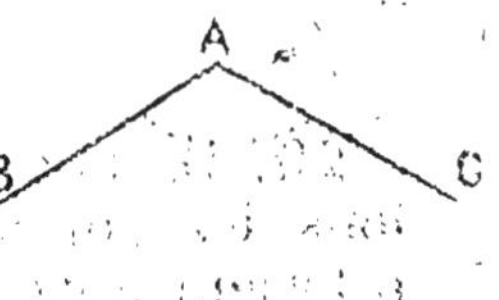

16. La mesure d'un angle est le nombre de degrés de l'arc compris entre ses côtés et décrit du sommet comme centre.

17. La grandeur d'un angle ne dépend pas de la longueur de ses côtés, qui sont toujours supposés indéfinis, mais de son ouverture.

18. Il y a plusieurs sortes d'angles :

1° L'*angle droit*, formé de 2 lignes perpendiculaires. Il a pour mesure 90° ou 1/4 de la circonférence, A.

2° L'*angle aigu*, plus petit que l'angle droit, B.

3° L'*angle obtus*, plus grand que l'angle droit, C.

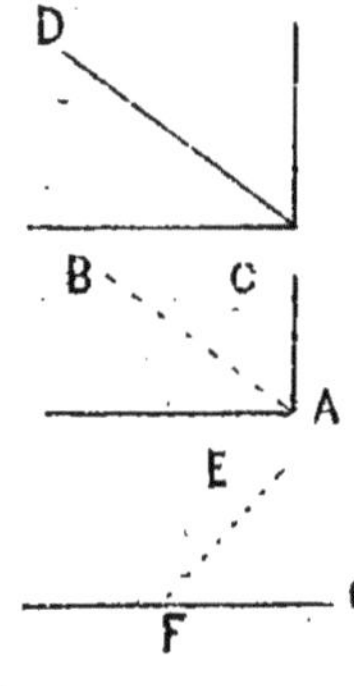

20. On appelle *bissectrice* la droite qui divise un angle en deux parties égales, D.

On appelle *complément* d'un angle aigu ce qui lui manque pour fermer l'angle droit, BAC.

On appelle *supplément* d'un angle obtus ce qui lui manque pour former 2 angles droits, EFG.

Etendue en longueur et largeur.

SURFACES.

3e Leçon. — **Du cercle.**

22. On appelle *circonférence* une ligne courbe dont tous les points sont également éloignés d'un point intérieur appelé *centre*, A.

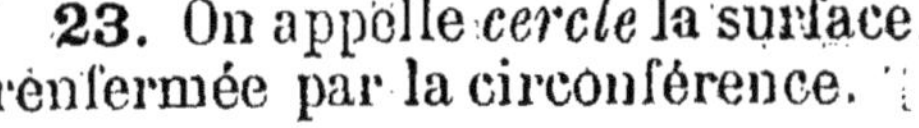

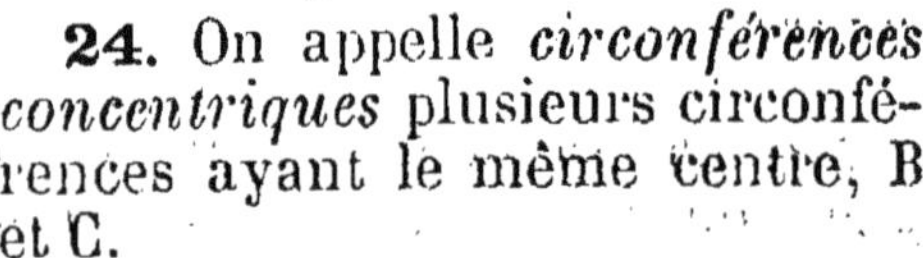

23. On appelle *cercle* la surface renfermée par la circonférence.

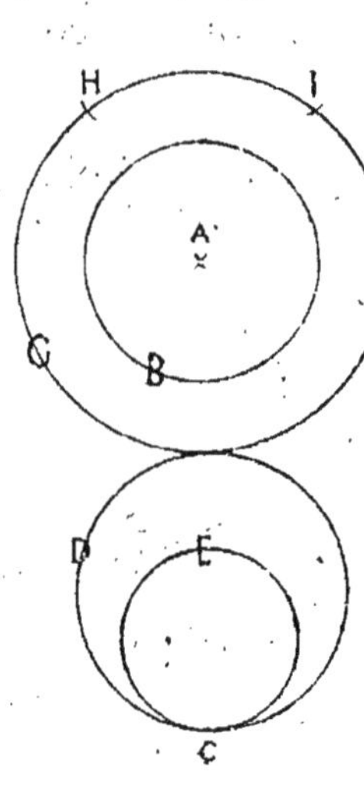

24. On appelle *circonférences concentriques* plusieurs circonférences ayant le même centre, B et C.

25. On appelle *circonférences excentriques* plusieurs circonférences n'ayant pas le même centre, DE.

26. Des circonférences sont *tangentes* lorsqu'elles n'ont qu'un point commun appelé *point de contact*, C.

27. On appelle *arc* une portion de circonférence, HI.

28. La circonférence se divise en 360 degrés (360°), chaque degré en 60 minutes (60'), chaque minute en 60 secondes (60").

29. Les principales lignes à considérer à l'égard du cercle sont :

1° Le *diamètre*, ligne qui rencontre la circonférence en deux points en passant par le centre, AB.

2° Le *rayon*, partant du centre et aboutissant à la circonférence, CD.

Le rayon est la moitié du diamètre.

3° La *corde*, ligne qui rencontre la circonférence en deux points, sans passer par le centre, EF ; on l'appelle encore *sous-tendante*.

4° La *flèche*, perpendiculaire élevée sur le milieu de la corde, GH.

5° La *sécante*, traversant la circonférence et se prolongeant au-delà, IJ.

6° La *tangente*, ligne droite ne rencontrant la circonférence qu'en un point appelé *point de contact*, KL.

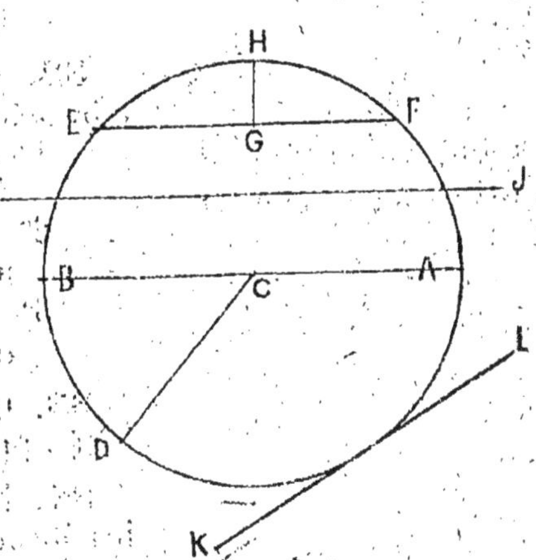

4ᵉ Leçon. — Des triangles.

30. Un *triangle* est un espace renfermé entre trois lignes se joignant deux à deux. Ces lignes forment les *côtés* du triangle.

31. Par rapport aux côtés il y a 3 sortes de triangles :
1° *Equilatéral,* trois côtés égaux.
2° *Isocèle,* deux côtés égaux.
3° *Scalène,* trois côtés inégaux.

32. Par rapport aux angles il y a 3 sortes de triangles :
1° *Rectangle,* 1 angle droit A.
2° *Acutangle,* tous angles aigus B.
3° *Obtusangle,* un angle obtus C.

33. On appelle *hypothénuse* le côté opposé à l'angle droit, DE.

34. La *base* d'un triangle est le côté sur lequel il semble appuyé.

35. Le *sommet* est l'angle opposé à la base.

36. La *hauteur* est la perpendiculaire abaissée du sommet sur la base ou sur son prolongement, HI.

37. Un triangle a pour *surface* la base multipliée par la moitié de la hauteur $\dfrac{BH}{2}$

5ᵉ Leçon. — **Des quadrilatères.**

38. On appelle *quadrilatères* des figures planes terminées par 4 lignes droites.

39. Les principaux quadrilatères sont :

1° Le *parallélogramme*, dont les côtés opposés sont égaux et parallèles, A.

2° Le *carré*, 4 côtés égaux, 4 angles droits, B.

3° Le *rectangle*, 4 angles droits, les côtés opposés égaux et parallèles, C.

4° Le *losange*, 4 côtés égaux, mais dont les angles ne sont pas droits, D.

5° Le *trapèze*, 2 côtés seulement parallèles, E.

Ces côtés se nomment *bases du trapèze*.

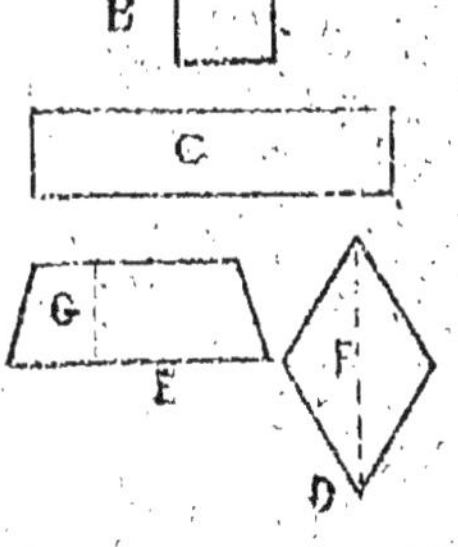

40. On appelle *diagonale* une ligne qui, en traversant le quadrilatère, joint deux angles opposés, F.

41. Les quadrilatères ont deux *bases* : la base *supérieure* et la base *inférieure*.

La *base supérieure* est le côté opposé à la *base inférieure*.

La *base inférieure* est le côté sur lequel la figure paraît être posée.

42. La *hauteur* d'un quadrilatère est la perpendiculaire abaissée d'un point quelconque de la base supérieure sur la base inférieure ou sur son prolongement, G.

43. Les surfaces du *parallélogramme*, du *carré* ou du *rectangle* s'obtiennent en multipliant la base par la hauteur BH.

44. La *surface* d'un *losange* s'obtient en prenant la moitié du produit de ses deux diagonales multipliées l'une par l'autre $\dfrac{Dd}{2}$

45. La *surface* d'un *trapèze* s'obtient en additionnant les deux bases, prenant la moitié et multipliant cette moitié par la hauteur $\left(\dfrac{B+b}{2}\right)H$.

6ᵉ LEÇON. — Des polygones.

46. Un *polygone* est une surface plane terminée par des lignes droites.

Ces lignes s'appellent *côtés* du polygone.

47. Le *périmètre* est la ligne formée par l'ensemble des côtés ou le tour.

48. Un *polygone équilatéral* a tous ses côtés égaux.

49. Un *polygone équiangle* a tous les angles égaux.

50. Un *polygone régulier* est en même temps équilatéral et équiangle.

51. Le *centre* d'un polygone régulier est un point situé à égale distance des différents sommets, O.

52. Le *rayon* d'un polygone régulier est la droite menée du centre au sommet de l'un des angles, OB.

53. Un polygone peut être *inscrit* ou *circonscrit* à un *cercle*.

54. On appelle *apothème* la perpendiculaire abaissée du centre sur un des côtés de polygone, OC.

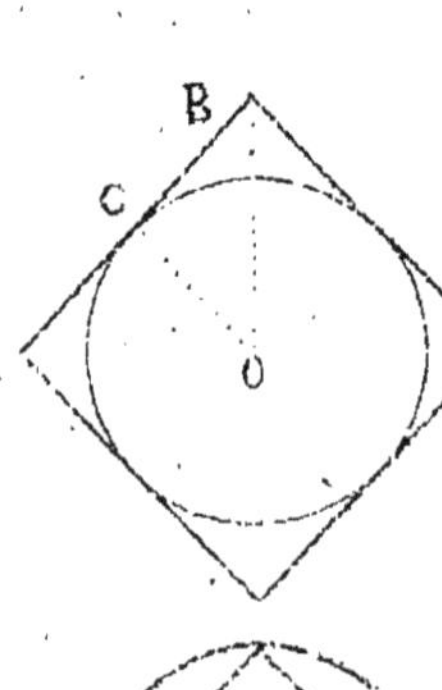

55. Le polygone à 3 côtés s'appelle *triangle.*

     — 4   — *quadrilatère.*
     — 5   — *pentagone.*
     — 6   — *hexagone.*
     — 7   — *heptagone.*
     — 8   — *octogone.*
     — 9   — *ennéagone.*
     — 10   — *décagone.*
     — 11   — *ondécagone.*
     — 12   — *dodécagone.*
     — 15   — *pentédécagone.*
     — 20   — *icosigone.*

Les autres se désignent par le nombre de leurs côtés.

7ᵉ LEÇON. — **Figures curvilignes.**

56. On appelle *figure curviligne* une surface terminée par une ou plusieurs lignes courbes.

57. Les principales figures curvilignes sont :

1° Le *cercle,* dont nous avons parlé précédemment.

2° La *spirale,* ligne qui en tournant s'éloigne de son centre.

3° L'*ove,* courbe qui se rapproche de la forme de l'œuf.

4° L'*ellipse,* dans laquelle on distingue :
Le grand axe.
Le petit axe.
Les foyers.
Les rayons vecteurs.

5° L'*ovale,* courbe formée par des arcs de cercle et ressemblant à une ellipse.

6° L'*anse de panier,* courbe formée par trois arcs de cercle et ressemblant à une demi-ellipse.

58. Dans le cercle on considère trois parties :

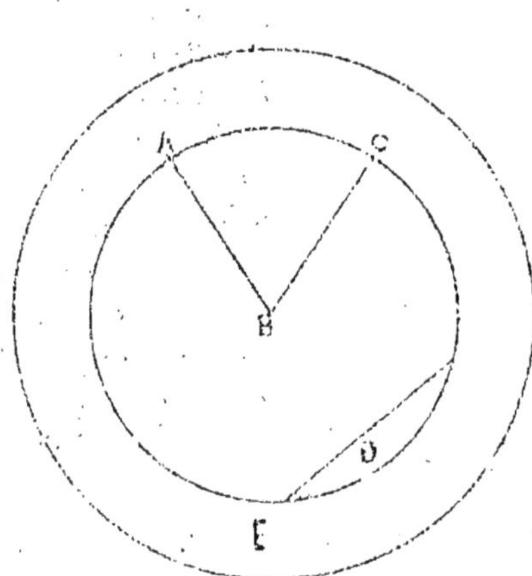

1° Le *secteur*, partie de la surface du cercle comprise entre un arc et les deux rayons limitant cet arc, ABC.

2° Le *segment*, partie de la surface du cercle comprise entre un arc et sa corde, D.

3° La *couronne*, partie de la surface du cercle comprise entre les deux circonférences concentriques, E.

59. On obtient la *longueur d'une circonférence* en multipliant le diamètre par 3.1416.

60. On obtient le *diamètre* en divisant la circonférence par 3,1416.

61. On obtient la *surface du cercle* en multipliant le rayon par le rayon et le résultat par 3,1416 (πR^2).

62. On obtient la *surface de l'ellipse* en multipliant 3,1416 par le produit de ses deux demi-axes.

63. On obtient la *surface du secteur* en multipliant l'arc qui lui sert de base par la moitié du rayon.

64. On obtient la *surface du segment* en multipliant la moitié du rayon par la différence entre l'arc qui lui sert de base et la moitié de la corde qui sous-tendrait un arc double.

65. On obtient la *surface de la couronne* en prenant la différence des deux cercles qui lui servent de limite ou en multipliant 3,1416 par la différence entre les carrés des deux rayons.

8ᵉ Leçon. — **Exercices sur les lignes.**

66. *Par un point donné, A, élever une perpendiculaire.*

Du point A je prends deux distances égales AB, AC. Des points B et C, avec une ouverture de compas plus grande que AB ou AC, je décris des arcs de cercle qui, en se coupant aux points D, déterminent le passage de la perpendiculaire.

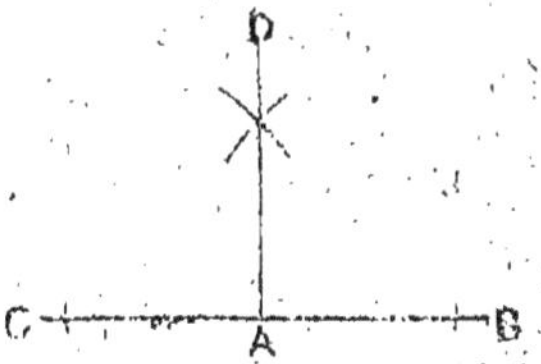

67. *Par un point donné, A, abaisser une perpendiculaire.*

Du point A, avec une ouverture de compas, je coupe la ligne CB aux points D et E et j'opère ensuite comme ci-dessus.

68. *Élever une perpendiculaire à l'extrémité d'une droite qu'on ne saurait prolonger.*

D'un point quelconque, C, je décris l'arc de cercle DBE. Je trace le diamètre DE. Le point E indique le passage de la perpendiculaire demandée.

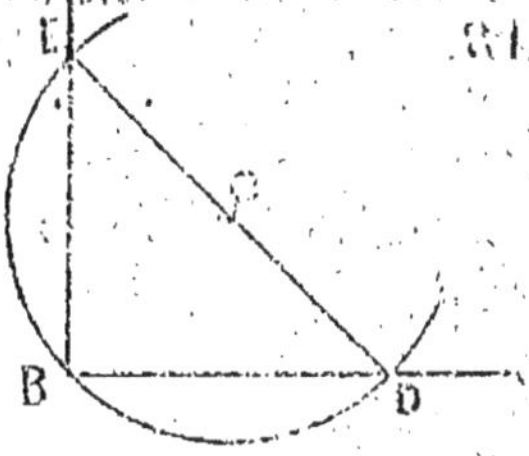

9ᵉ Leçon. — Exercices sur les angles et circonférences.

69. *Tracer une parallèle à une droite donnée.*

J'élève les perpendiculaires AB, AB, sur lesquelles je porte des longueurs égales.

70. *Tracer un angle égal à un angle donné, soit*

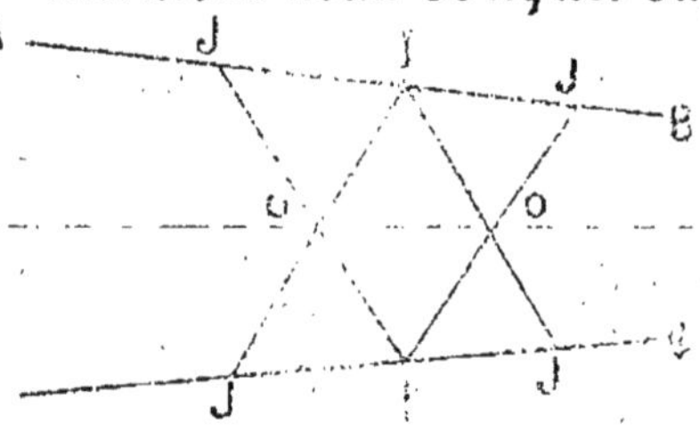

Je trace la ligne indéfinie BA. Avec un rapporteur je mesure l'angle donné. Au point A je décris un arc de cercle sur lequel je porte un nombre de degrés égal à l'angle donné, ce qui me détermine le côté AC.

71. *Diviser en deux parties égales l'angle que formeraient deux obliques suffisamment prolongées.*

Soient les deux obliques AB, BC.

Des points I je prends des distances égales IJ. Je trace les lignes IJ. Les points d'intersection OO déterminent la ligne divisant également l'angle.

72. *Tracer un arc qui passe par deux points donnés AB.*

Je joins les points AB. J'élève la perpendiculaire CD sur le milieu de AB. Tout point pris sur cette ligne sera le centre de l'arc demandé.

73. *Par trois points donnés, non en ligne droite, faire passer une circonférence.*

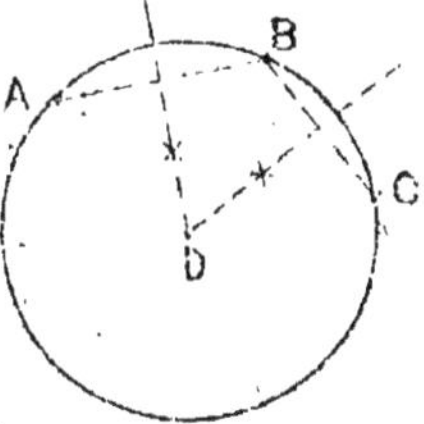

Je joins les points donnés ABC. Sur le milieu des lignes AB, BC, j'élève des perpendiculaires et leur point de rencontre D est le centre de la circonférence demandée.

74. *Trouver le centre d'une circonférence.*

J'opère comme au numéro 73 ci-dessus, après avoir pris trois points quelconques sur la circonférence.

10ᵉ Leçon. — Division des lignes et des circonférences.

75. *Diviser une ligne en parties égales.*

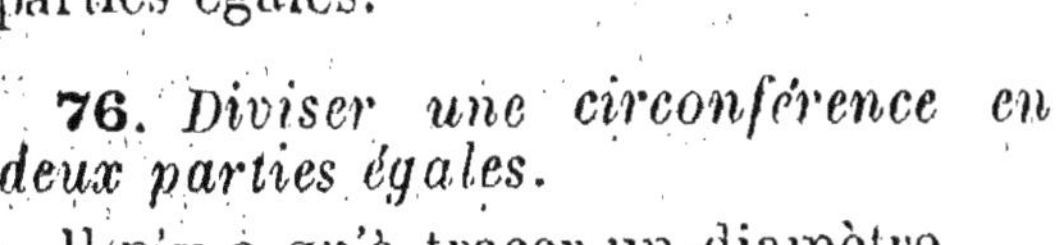

Soit AB à diviser en cinq parties égales. Je trace la ligne indéfinie AX. Sur cette ligne je porte cinq divisions d'une grandeur quelconque, mais égales entre elles. Je joins la dernière C au point B. Je mène des parallèles à CB qui en rencontrant la ligne AB la partagent en parties égales.

76. *Diviser une circonférence en deux parties égales.*

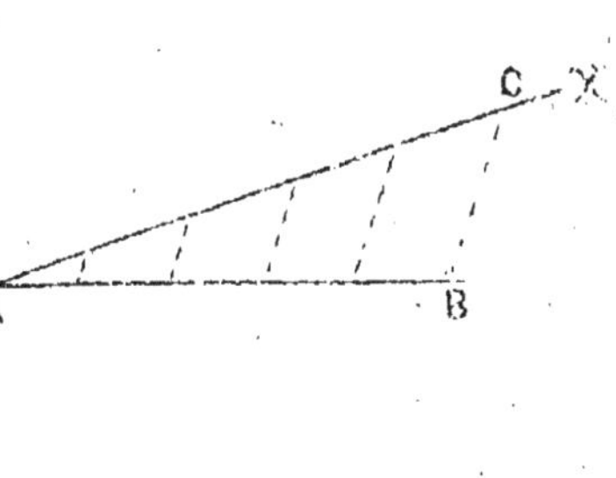

Il n'y a qu'à tracer un diamètre.

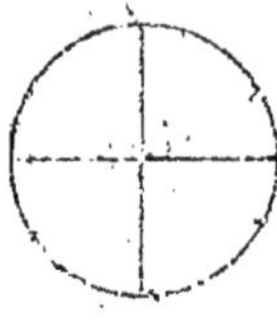

77. *Diviser une circonférence en quatre parties égales.*

Il n'y a qu'à croiser deux diamètres perpendiculairement.

78. *Diviser une circonférence en six parties égales.*

Porter six fois le rayon sur la circonférence. Cette division n'est pas tout à fait exacte.

79. *Diviser une circonférence en trois parties égales.*

La partager en six (numéro 78) et ne marquer les divisions que de deux en deux. Cette division n'est pas tout à fait exacte.

80. *Diviser une circonférence en cinq parties égales.*

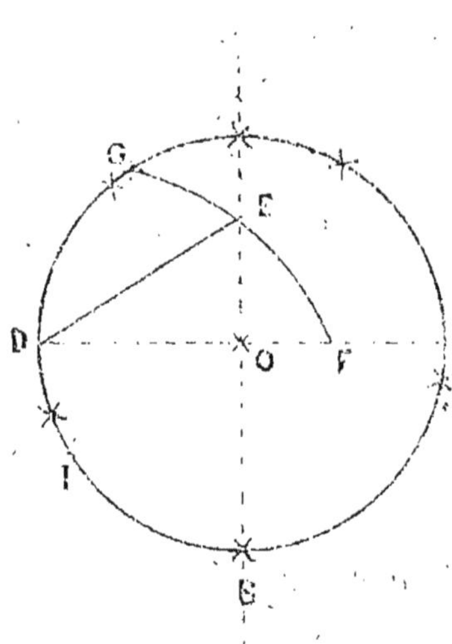

Du point B, avec BO pour rayon, je coupe la circonférence en I. Du point D, avec le même rayon, je la coupe en G. Du point I, avec IG pour rayon, je décris l'arc de cercle FG rencontrant le diamètre au point E. Je trace ED qui est le $\frac{1}{5}$ de la circonférence.

On peut ensuite partager la circonférence en 10, 15 parties, en partageant la corde en 2 ou 3 parties et menant des lignes partant du centre et aboutissant à l'arc.

11e Leçon. — **Tracé de diverses courbes.**

81. *Tracer une spirale.*

Je forme un carré. Du point 1, je décris AB; du point 2, BC; du point 3, CD; du point 4, DH et continue à tourner ainsi de centre en centre.

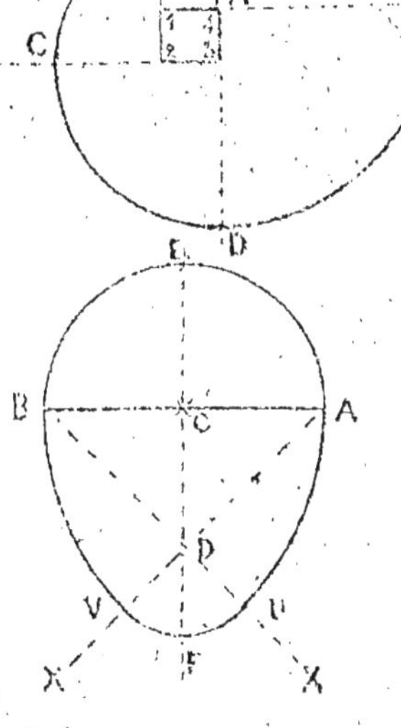

82. *Tracer une ove.*

Sur la droite AB, je décris une demi-circonférence AEB. J'élève sur le milieu de AB la perpendiculaire EF. Je porte CA sur CD. Je trace BX, AX. Du point A, je décris BV et du point B, AU. Du point D, je décris UV.

83. *Tracer une anse de panier.*

Je croise perpendiculairement AB et DQ. Je joins AD, BD. Je porte CD en CF, AF en DH et BF en DQ. Sur le milieu de AH et de BQ, j'élève les perpendiculaires R et S qui se rencontrent au point O et coupent AB en G.

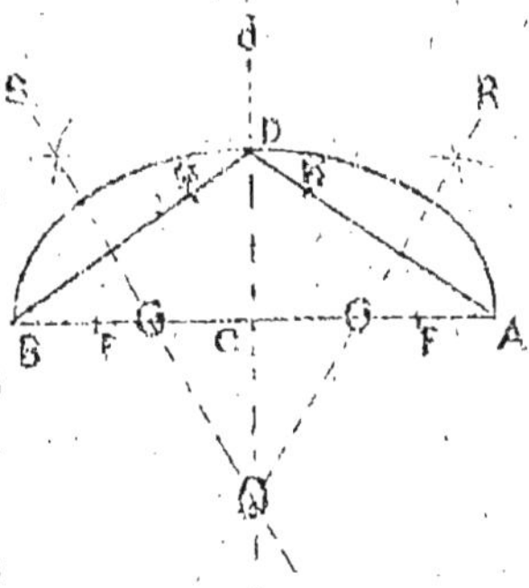

Des points G, je décris les arcs AR et BS, et du point O, l'arc RS.

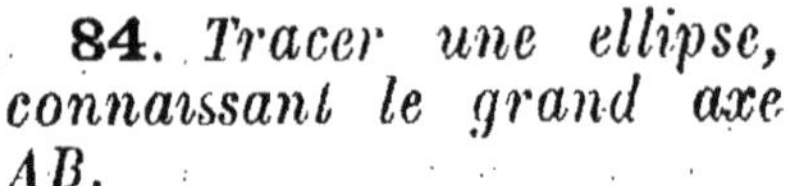

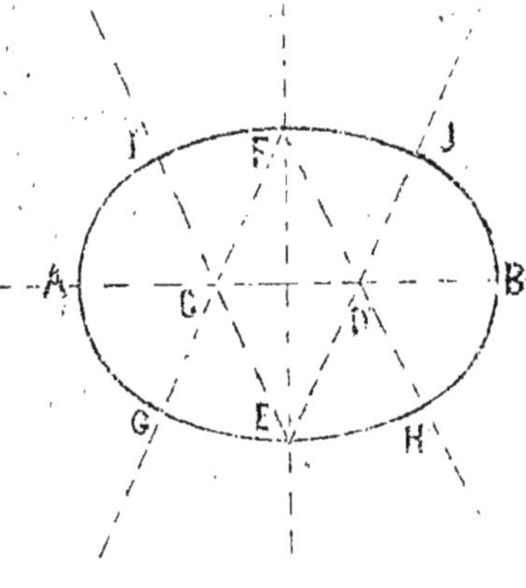

84. *Tracer une ellipse, connaissant le grand axe AB.*

Je partage AB en trois parties égales : AC, CD, DB. Je construis les triangles CFD et CED dont je prolonge les côtés.

Du point C, je trace l'arc IAG.

Du point D, l'arc JBH.

Du point E, l'arc IJ.

Du point F, l'arc GH.

85. *Tracer l'ellipse connaissant le petit axe.*

Je prolonge le petit axe d'un quart et j'obtiens le grand axe. Ensuite j'opère comme dans le numéro 84.

86. *Tracer l'ellipse connaissant les deux axes AB, MN.*

Je croise MN perpendiculairement sur le milieu de AB. Ils se rencontrent au point O. Je porte OM sur OA et OB, soit OI, OI. Je porte AI en NK et MK. Par le milieu de AK et de BK, j'élève des perpendiculaires qui se rencontrent aux points C sur le petit diamètre et aux points X sur le grand.

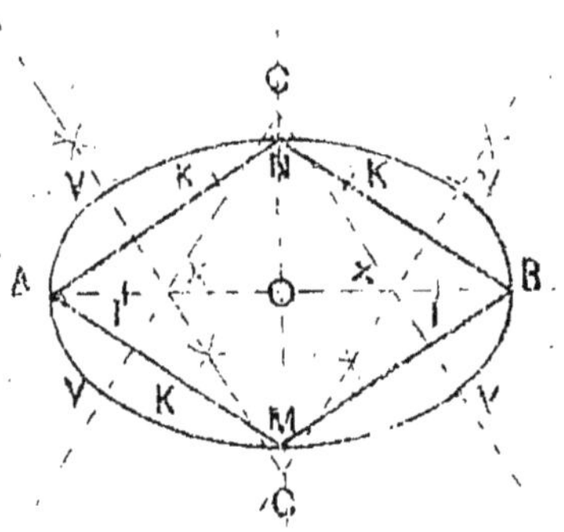

X et X sont les centres
des arcs VAV et VBV.

C et C sont les centres des
arcs VNV et VMV.

12e Leçon. — Volumes, corps, ou solides.

87. Les principaux volumes ou corps sont : le cube,
le parallélipipède, le rectangle, le prisme, la pyramide,
le cylindre, le cône, la sphère.

88. On peut avoir à considérer pour chaque espèce de
corps :

1° La *surface latérale*, c'est-à-dire la surface de ses
côtés réunis.

2° Le *volume* ou capacité.

DU CUBE.

89. Un cube est un volume dont les six
faces sont des carrés égaux.

90. On obtient la *surface latérale* du
cube en multipliant la surface d'un des
côtés par le nombre des côtés.

91. On obtient le *volume* d'un cube en multipliant
ses trois dimensions l'une par l'autre.

13e Leçon. — Parallélipipède rectangle.

92. Un parallélipipède rectangle est un solide dont les
faces latérales sont des rectangles.

92. On obtient la surface latérale d'un
parallélipipède en faisant la somme de la
surface de ses côtés.

93. On obtient le volume d'un parallélipipède quelconque en multipliant la surface
de sa base par la hauteur.

14ᵉ Leçon. — **Prisme.**

94. Un prisme est un solide dont les faces latérales sont des parallélogrammes et les bases deux polygones égaux et parallèles.

95. On obtient la surface latérale d'un prisme en multipliant le périmètre de la base par la hauteur.

96. On obtient le volume d'un prisme en multipliant la surface de sa base par sa hauteur.

15ᵉ Leçon. — **Pyramide.**

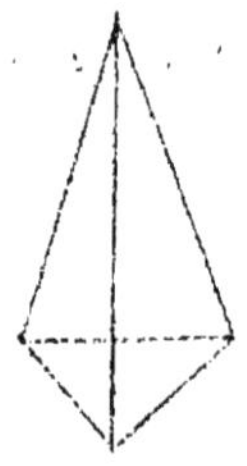

97. La pyramide est un solide composé de plusieurs côtés triangulaires aboutissant tous au même point nommé sommet et partant des différents côtés d'un polygone qui sert de base.

98. On obtient la surface latérale d'une pyramide en multipliant le périmètre de sa base par la moitié de son apothème.

99. On obtient le volume d'une pyramide en multipliant la surface de sa base par le tiers de sa hauteur.

16ᵉ Leçon. — **Pyramide tronquée.**

100. Une pyramide tronquée est ce qui reste quand on en retranche la partie supérieure par un plan parallèle à la base.

101. La surface latérale d'une pyramide tronquée s'obtient en multipliant la somme des contours des deux bases par la demi hauteur du côté.

102. Pour obtenir le volume d'une pyramide tronquée il faut : 1° Chercher la surface de la base inférieure ; 2° chercher la surface de la base supérieure ; 3° multiplier entre elles ces deux surfaces et extraire la racine carrée du produit ; 4° additionner ensemble les deux surfaces et la racine carrée de leur produit ; 5° multiplier le total par le ⅓ de la hauteur du tronc de pyramide.

$$V = \tfrac{1}{3} H \times (B + b + \sqrt{B \times b})$$

Signalons ici une erreur que commettent fréquemment des personnes habituées cependant au cubage.

Prenons pour exemple un tas de marne, ayant la forme d'une pyramide tronquée, de 9^m50 de long sur 9^m50 de large dans le bas, 1^m70 de long sur 1^m70 de large dans le haut et 3 mètres de hauteur.

La méthode géométrique, d'après la formule, donne 109^{mc}290.

Quelques personnes, et c'est le mode le plus employé, additionnent les deux longueurs, en prennent la moitié pour avoir la longueur moyenne. Elles en font autant de la largeur, puis multiplient les deux dimensions ainsi obtenues par la hauteur.

Par ce procédé on trouve 94^{mc}080.

D'autres calculent la surface du bas, puis celle du haut, prennent la moitié de la somme de ces deux surfaces et multiplient cette moitié par la hauteur.

Par ce procédé on trouve 139^{mc}710.

(Cet exemple est extrait du *Journal des Instituteurs,* année 1865, page 590.)

17ᵉ Leçon. — Cylindre.

103. Un cylindre est un solide produit par la révolution d'un rectangle tournant sur un de ses côtés.

104. On obtient la surface latérale d'un cylindre en multipliant la circonférence de sa base par sa hauteur.

105. On obtient le volume d'un cylindre en multipliant la surface de sa base par la hauteur. ($\pi R^2 H$).

18ᵉ Leçon. — Cône.

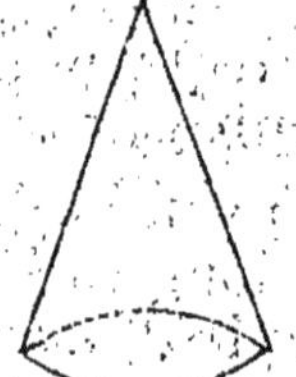

106. On appelle cône une pyramide ayant pour base un cercle.

107. On obtient la surface latérale d'un cône en multipliant la moitié de son côté par la circonférence de sa base.

108. On obtient le volume d'un cône en multipliant la surface de sa base par le ⅓ de sa hauteur.

19ᵉ Leçon. — Cône tronqué.

109. Un cône tronqué est ce qui reste d'un cône après qu'on a enlevé la partie supérieure par un plan parallèle à la base.

110. La surface latérale d'un cône tronqué s'obtient en multipliant la somme des circonférences des deux bases par la ¼ hauteur.

111. Pour obtenir le volume d'un cône tronqué il faut: 1° faire le carré du rayon de la base inférieure ; 2° faire le carré du rayon de la base supérieure ; 3° faire le produit des deux rayons ; 4° faire le total des deux carrés et du produit des deux rayons ; 5e multiplier ce total par 3,1416 et par le tiers de la hauteur du tronc du cône.

$$V = \tfrac{1}{3} H \times (R^2 + r^2) + (R \times r) \times \pi.$$

On commet encore une erreur assez grande si, au lieu d'employer la méthode géométrique, on veut réduire le cône tronqué en un cylindre, en additionnant la surface des deux bases et prenant la moitié. C'est pourtant ce que j'ai vu faire plusieurs fois, lorsqu'il s'agissait par exemple de déterminer la contenance d'une cuve.

20e LEÇON. — **La sphère.**

112. La sphère est un solide terminé par une surface courbe dont les points sont également distants d'un point intérieur appelé centre.

113. On obtient la surface d'une sphère en multipliant le carré de son diamètre par 3,1416.

114. On obtient le volume d'une sphère en multipliant sa surface par le tiers du rayon.

21e LEÇON. — **Tonneaux.**

La formule géométrique pour mesurer la contenance des tonneaux est :

$$\left(\frac{D + D + d}{3 \times 2}\right)^2 \times \pi L.$$

D représente le diamètre du bouge ou pris à la bonde.
d le diamètre des fonds.
L la longueur.
Cette formule est assez compliquée.

On peut arriver à un résultat satisfaisant par l'emploi de la formule ci-dessous :

$$D \times d \times L \times 0,82.$$

Soit par exemple un fût dont

D = 0^{m}561.

d = 0^{m}499.

L = 0^{m}655.

Par la formule géométrique on trouve 150 litres, par la formule abrégée 150 litres 3.

La différence est donc peu sensible.

FIN DU DESSSIN LINÉAIRE.

Chartres. — Imprimerie Durand frères.

OUVRAGES DU MÊME AUTEUR.

HISTOIRE SAINTE ET HISTOIRE DE FRANCE.

SIMPLES NOTIONS DE GRAMMAIRE.

NOTIONS DE GÉOGRAPHIE.